Vire essa folha do livro e se esqueça de mim

CLARA CORLEONE

Vire essa folha do livro e se esqueça de mim

L&PM EDITORES

Texto de acordo com a nova ortografia.

Capa: Ivan Pinheiro Machado
Preparação: Luiza Gressler
Revisão: Mariana Donner da Costa

CIP-Brasil. Catalogação na Publicação
Sindicato Nacional dos Editores de Livros, RJ.

C832v

Corleone, Clara
Vire essa folha do livro e se esqueça de mim / Clara Corleone. – 1. ed. – Porto Alegre [RS]: L&PM Editores, 2025.
120 p. ; 21 cm.

ISBN 978-65-5666-615-0

1. Ficção brasileira. I. Título.

25-99934.0 CDD: B869.3
CDU: 82-3(81)

Carla Rosa Martins Gonçalves - Bibliotecária - CRB-7/4782

Rua Comendador Coruja, 314, loja 9 – Floresta – 90.220-180
Porto Alegre – RS – Brasil / Fone: 51.3225.5777

PEDIDOS & DEPTO. COMERCIAL: vendas@lpm.com.br
FALE CONOSCO: info@lpm.com.br
www.lpm.com.br

Impresso no Brasil
Primavera de 2025

Para Catharina Conte,
um coração que tenho batendo fora do peito.

*Loving you is like a battle.**
Lauryn Hill

* Amar você é como uma batalha.

Vire essa folha do livro
e se esqueça de mim

1.

Você vem com aquela camisa branca já amarelada pelo tempo, aberta no peito, suado, sorrindo, no meio da fanfarra. Eu fico imóvel. Sou uma mulher estupefata. Surpresa, pasma, perplexa, interdita, admirada, assombrada, atônita, boquiaberta e embasbacada. Você atravessa a multidão, os olhos fixos nos meus, teu sorriso amplo, ímã e isca, e sinto o meu corpo formigar. Por instantes – que parecem séculos – tudo para. Eu mesma paro, sou incapaz de me mover. De repente sou uma estátua, uma estátua no meio da fanfarra. O meu corpo – coberto de glitter, confete e serpentina – já não transpira mais. Meu sorriso ébrio sumiu, meu porre passou, provavelmente meu coração parou e vou desmaiar, morrer, ter um troço, ser pisoteada pela multidão da fanfarra no meio da Praça da Matriz por causa de você, Gael.

Você. Sua camisa amarelada, seu bronzeado, seus dentes brancos, suas promessas.

Você. Seus dedos hábeis, sua risada deliciosa, suas quartas de futebol.

Você. O chopp da Brahma, os discos do Paulinho da Viola, um jeito de mexer no cabelo.

Eu já tinha te esquecido quando você, de repente, brotou. Não, eu não tinha esquecido nada: eu nem sequer lembrava. Pra esquecer, a gente tem que lembrar. Eu tinha te arrancado da minha vida, do meu coração, do meu fígado, do meu sistema nervoso, do meu mural de cortiça, dos cantos da casa, das páginas dos livros e dos pagodes românticos.

Foi uma coisa violenta. Eu tinha te matado, Gael. Você estava morto, nem pó nem poeira, sem resquício nem nada. Você não era nem um fantasma: você simplesmente nunca tinha existido. Apagado. Exilado.

Não pode, Gael. Não pode. No meio do suor, sorriso aberto no peito, fanfarra amarelada pela passagem do tempo, serpentina e sexo, lembrança e confete, glitter e amor. No meio da minha alegria, você vem se atravessando. Você vem se atravessando e sei que, se eu permitir que entre novamente, vou me foder.

Você faz pouco do estrago que fez, pousa os olhos em mim, âncora, esquece que queimou navios, que me deixou sozinha no píer, *just sittin' on the dock of the bay wastin' time*,* esquece que já afundamos.

Você vem: isca, âncora, sorriso, aquele jeito de mexer no cabelo. Você vem sem colete salva-vidas. Assim eu me afogo de novo, Gael.

---

* Sentado no cais do porto, deixando o tempo passar.

2.

Volto pra casa pela Avenida Osvaldo Aranha, o trânsito avança com fúria, mas as buzinas e as luzes difusas dos faróis não me tiram do transe. Estou de tênis, calça de lycra e blusa de manga curta sem estampa, branca, com uma jaqueta jeans por cima. Tenho quinze anos. Choveu a tarde inteira e pisei distraidamente em uma poça enquanto voltava da casa do seu primo. Agora, a água encharca minhas meias. Terei que tomar banho assim que chegar em casa. Sei que, antes disso, vou olhar meu corpo no espelho e procurar sinais seus. Minha calcinha e meu sutiã são os mais bonitos que tenho. Vou tirá-los com delicadeza e perscrutar cada pedaço de pele onde você colocou suas mãos, sua boca e seu pau.

No hall de entrada do prédio bonito, antigo, na Sarmento Leite, você me recebeu com um olhar nervoso. Não estava sorrindo. Não pegou na minha mão. No elevador, tentei te beijar na boca. Você fez que não. O seu primo tinha te deixado as chaves algumas horas antes, iria passar o dia com a namorada. Tínhamos o apartamento apenas pra nós dois, mas só usamos o quarto. Fechei as persianas, tirei a roupa e deitei na cama de barriga pra cima enquanto você ia ao banheiro. Quando finalmente voltou, você estava de camiseta, mas sem cueca – e de meias. A camisinha já tinha sido colocada. Entrou em mim. Abracei teu corpo, deixei que beijasse meus seios. Era a nossa primeira vez. Foi rápido.

Sexo de adolescentes: atrapalhado e esquisito, muito medo e pouco prazer. Nada de abraço depois. Nada de gentilezas. Eu tive a impressão de que era algo que você precisava riscar do seu caderninho. Perder a virgindade: *check*.

A coisa toda foi arranjada por mim. Queria tanto você, Gael. Era a coisa que eu mais queria no mundo. Não me importava que a minha primeira vez fosse assim, tão sem amor. Eu usei o sexo como moeda de troca pra entrar na sua vida.

A gente nunca tinha trocado um beijo, eu ficava te olhando e, às vezes, via você me olhando também. Só que não tinha como isso ser verdade, eu achava que era a minha imaginação me pregando uma peça. Por que você olharia pra mim? Logo pra mim, se podia ter a garota que quisesse?

Naquele jogo de verdade ou consequência que fizemos durante a festa junina, quando me perguntaram se eu faria sexo com alguém da roda e eu disse que sim, estava apostando todas as minhas fichas nisso. Claro que você não ia ficar comigo na frente de todo mundo, isso seria impossível, mas se o sexo – tão misterioso pra gente naquela época, tão inédito – fosse uma possibilidade, eu teria chance. Eu tinha lido por aí que os meninos desejam tanto perder a virgindade que tanto faz se a menina é feia ou bonita. Quando falei, sentada no chão naquela roda, a garrafa com a boca voltada pra mim "sim", sim, eu transaria com alguém que está aqui, esperava que você entendesse o recado. Eu me achava muito discreta no meu desejo por ti, só soube muito tempo depois que todo mundo sabia, notava e comentava.

Eu era a menina quieta apaixonada pelo Gael. Os colegas acharam engraçadíssimo eu responder "sim". Ninguém esperava que eu falasse, que colocasse em palavras o desejo por ti. Mas o desejo em si todo mundo notava.

Quando estava dobrando a esquina da Giordano, voltando pra casa, vi ao longe um prédio pegando fogo. A imagem do incêndio e o barulho da sirene dos bombeiros enfim me despertaram para o aqui e o agora. Ao chegar em casa e tirar a roupa, percebi que meu hímen tinha se rompido.

Sangue e fogo: foi assim que tudo começou.

3.

As primeiras semanas, os primeiros meses, os primeiros anos após esse encontro foram horríveis. Você alternava entre ignorar a minha presença ou exigi-la. Eu era o sexo fácil. Para um garoto de quinze anos, equivalia ao santo graal, mas você me maltratava. Sabia que me tinha nas mãos, que podia me tratar do jeito que quisesse, sabia que eu nunca iria embora. Eu jamais negaria qualquer pedido seu. Aceitaria qualquer migalha que você me oferecesse. E era só isso que você me dava.

Era tudo muito mecânico. Você deixava claro que queria transar em mensagens secas por SMS, por ligações rápidas, por gestos e olhares pouco sutis. Eu corria ao teu encontro, feliz. O contato da tua pele com a minha, teu cheiro, teu corpo perfeito, o jeito com que você tocava em mim enquanto transávamos: tudo me deixava em êxtase. Nunca me beijava na boca, mas, pra sentir mais prazer, me puxava, apertava, abraçava, e esse contato eu ansiava muito mais do que o do teu pau dentro de mim. O que eu mais desejava era a tua boca na minha e o teu olhar no meu, mas esses desejos pareciam inatingíveis, até ridículos: você não ia me beijar, não ia me olhar com ternura. Eu fui o band-aid da virgindade que você arrancou rapidamente, vapt-vupt, e agora eu era o alívio que você buscava, com o objetivo de gozar e pronto. Certamente melhor que uma punheta, mas nada além disso. Sem carinhos, afagos, confidências ou abraços.

Foram anos terríveis.

Você sempre soube ser cruel.

4.

O colégio acabou e eu fiquei sem notícias suas por muito tempo, mais de dois anos. Você era *low profile* nas redes sociais, então nem adiantava te procurar no finado Orkut. Claro que você também não me procurou, por que procuraria? Estava na faculdade, um terreno diferente do colégio, em que as meninas não tinham mais pudores de transar com um rapaz que não fosse seu namorado. Você não precisava mais de mim. No início eu esperava pelas suas ligações de madrugada, sempre de olho no celular, esperando que você lembrasse de mim na saideira de uma festa, com tesão. É humilhante, eu sei, mas era exatamente isso que eu pensava e desejava. Só que nunca aconteceu.

Aos poucos, o peso da minha nova rotina começou a se sobrepor à falta que você me fazia.

Entrei com facilidade na faculdade de Publicidade e Propaganda da UFRGS. Lá conheci um universo novo, onde finalmente as pessoas tinham condições de vida parecidas com a minha – e até piores, bem piores. Só estudei no Rosário porque a Gabriela, minha madrinha, que era professora de literatura lá, conseguiu uma bolsa pra mim. A gente não passava fome nem nada, mas como o meu pai tinha sumido no mundo depois que a minha mãe morreu, a única fonte de grana que tínhamos era o salário da Gabi.

Foi num apartamento que um dia fora da avó dela, nessa mesma Giordano Bruno, onde vivi a maior parte da minha vida. No início o meu "pai" aparecia de vez em quando e contribuía com uns pilas. Um dia, sumiu de vez.

A mãe teve câncer de mama. Foi rápido. Morreu muito moça. Conforme desejo dela, fui criada pela dinda. Somos uma família pequena e diferente, mas não sinto falta de um pai.

Não tenho como sentir falta de algo que nunca tive.

Na faculdade conheci a Júlia. Eu nunca tinha tido uma melhor amiga, nem amigas, realmente. Era difícil no colégio porque eu não me encaixava.

Fazia de tudo para passar despercebida. Eu não tinha o que falar quando as colegas comentavam sobre ir pra Disney, verões em Porto Seguro, a festa de quinze anos no Leopoldina, roupas da Lua, fazer uma escova no Hugo, bater perna no Iguatemi com sandálias Datelli e frequentar a mesma academia com lookinhos da Nike.

Eu não falava a língua dessas meninas. Era uma estrangeira.

Na primeira semana de faculdade, na FABICO, eu estava lavando as mãos no banheiro quando a Júlia abriu a porta de um dos reservados e disse rindo, enquanto tentava fechar o zíper lateral do vestido:

– Ai, guria, me socorre!

Júlia sempre foi despachada. Sorria muito, era cheia de energia, uma loirona alta, o cabelo crespo caindo em cascatas nas costas.

Eu tinha uma nova amiga, a primeira amiga de verdade, e um novo universo pra explorar. Então, quando a faculdade começou, as coisas também começaram a melhorar. Não entre nós dois, é claro. Nosso reencontro ainda estava distante. A gente, seja lá o que "a gente" era, nem existiu por um bom tempo. Incapaz de te procurar, com vergonha demais para ligar ou mandar SMS, eu me acostumava com a ideia de não te ver mais todos os dias, como acontecia no colégio.

Detesto a expressão "ela desabrochou", mas não encontro outra para explicar o que aconteceu comigo nessa fase. Antes, eu estava sempre nervosa e tensa, com medo de falar alguma coisa errada e ser alvo de piadas. Os colegas me apelidaram de Lisa Simpson, diziam que eu estava sempre lendo e que queria bancar a diferente. Eu não queria bancar, eu só não pertencia.

Na faculdade fui vencendo minha timidez aos poucos, tinha mais coragem de dar opiniões e até de responder às perguntas dos professores. Júlia, com seu jeitinho de líder, me incentivava muito.

Eu estava sempre com um livro na bolsa e, na faculdade, isso não era motivo de deboche.

Foi uma época muito feliz. Me lembro de chegar em casa depois da faculdade e do estágio na agência Avante e me sentar com a dinda pra assistir *Friends* na Warner. Eu gostava de pensar que éramos como duas amigas que moravam juntas, duas amigas dividindo um apê, igual Rachel e Monica. A Gabi é apenas quinze anos mais velha que eu e o nosso relacionamento sempre ficou num limiar entre amiga e irmã, nunca mãe e filha. A gente conversava pra valer e confiava muito uma na outra. De vez em quando ela comprava vinho ou cerveja e bebíamos enquanto ríamos das bobagens do Joey ou reclamávamos dos nossos chefes. Aos finais de semana eu saía com a Júlia. Íamos em alguns bares da Goethe ou da Cidade Baixa. Às vezes aparecia um cara interessante, rolava uma paquera, um beijinho, mas nada de mais.

No início do quinto semestre da faculdade, a Gabi viu o anúncio de uma cachorrinha abandonada em um café na Osvaldo que não existe mais. Resolvemos adotá-la. Era uma vira-lata branquinha e peludinha, muito comportada, e chamamos ela de Leila Diniz. No nosso apê na Giordano tinha um lambe daquela foto famosa da Leila de biquíni, grávida, e ela ocupava um lado inteirinho da parede da sala. A dinda amava Domingos de Oliveira e, anualmente, assistíamos *Todas as mulheres do mundo*. Era seu "filme conforto".

5.

Em um final de semana, como sempre, eu levei Leilinha pra passear na Redenção. No cachorródromo, soltei a coleira da cadela, estendi uma canga e estava lendo *Morangos mofados* quando vi o Danilo pela primeira vez ao levantar o rosto para virar uma página do livro.

O Danilo tentou me amar. Ele tentou. Ao contrário de você, Gael, ele realmente tentou.

Eu percebi, não faz muito tempo, o que você é. Quer saber? Você é um marinheiro berrando "terra à vista!" para uma miragem, enchendo a tripulação de falsas esperanças.

Não há terra à vista. Não há esperança, alívio, conforto ou calmaria.

Com você, Gael, sempre foram longos períodos no mar, à deriva.

6.

Uma cantada boba ("a cachorrinha tem telefone?"), seguida de dois ou três encontros antes que Danilo me pedisse em namoro. Foi tão rápido que, durante um tempo, eu não sabia se estava com ele por realmente amá-lo ou por ele ter tornado as coisas tão fluidas e fáceis.

Danilo era um cara tranquilo. Com ele não havia sobressaltos, coração disparando, pisar em ovos para mandar mensagem, medo. Ele era sinônimo de segurança. E também de tédio e monotonia.

Foram sete anos, nos últimos dois nós já não transávamos. Tínhamos nos transformado em pessoas que dividiam uma casa, que conviviam em certa harmonia, se acertavam, mas não havia mais paixão há muito tempo. Na verdade, talvez nunca tenha tido.

Nunca achei Danilo bonito, nunca senti aquele arroubo de paixão das mocinhas nas novelas e filmes. Correr ao encontro de Danilo no meio da chuva, pulando no seu colo e beijando-o apaixonadamente? Ele provavelmente pediria para eu parar de fazê-lo passar vergonha.

Um dia, lavando a louça, olhei pro anel de noivado no meu dedo e pensei que a minha vida tinha tomado um rumo sem que eu percebesse ou refletisse sobre isso. Me deixei levar, aceitei o pedido de namoro, aceitei ir morar com Danilo, aceitei o noivado. Júlia comentou, quando contei, que eu era a noiva menos empolgada da história. Naquele dia, lavando a louça, não só pensei em como as coisas tinham ocorrido sem destino, mas com elas seguiriam ocorrendo: Danilo, seus óculos de grau, o cabelo ficando grisalho, uma dobra de gordura que ele tinha na nuca e que aparecia quando sentava no sofá para vermos reality show com cozinheiros estressados e chefs de cozinha irados.

Leilinha dormia na cama conosco, bode expiatório para que a falta de sexo não entrasse na pauta. Nossos livros nas mesas de cabeceira substituíam as antigas conversas até de madrugada. Não mais dormíamos nos braços um do outro. A força da rotina embaralhava os dias e, depois, os anos. O corpo sem desejo. A casa sem alma.

Danilo trocava a resistência do chuveiro, me dava um beijo distraído, soltava minha mão para cumprimentar pessoas no Zaffari e esquecia de pegá-la de volta. Nas festas de casamento e formatura que frequentávamos, eu assistia a moças no colo de namorados que não conseguiam tirar as mãos delas.

Danilo, o beijo na testa, as noites em claro, chorar no banheiro para não o acordar e chorar por ninguém, chorar porque o amor é a coisa mais triste quando se desfaz e, especialmente, quando nunca existiu.

Danilo, um amor inventado, mas foram sete anos em que você não morou em mim. Desse ponto de vista, foi um alívio.

Eu estava sóbria de você, Gael, mas estava infeliz.

Esta vida é um punhal de dois gumes fatais: não amar é sofrer e amar é sofrer mais.

Você me ensinou que o amor era uma coisa confusa, o coração sobressaltado, que o amor era tão imenso e pesado que às vezes me impediria de respirar. Eu não tinha chance nenhuma de ser feliz com Danilo. Eu não tinha chance nenhuma no amor.

Que bagunça que você fez aqui, Gael. Desde a primeira vez que vi você, desde a primeira vez que você me tocou, aquele amor malfeito, depressa, algo se modificou para sempre. Você me machucou, me humilhou, me destratou e, por anos, voltei ávida. Queria mais. Por anos, fui viciada em você.

7.

Quando terminei com Danilo, não tinha mãos nem olhos úmidos. Leilinha sentiu mais a separação do que eu. Do que nós dois, para ser sincera.

Então eu fiz aquilo que toda mulher faz quando fica solteira: fiquei loira.

Perdi um final de semana da minha vida que durou seis meses. Muito sexo (mais ruim do que bom, mas fazia tanto tempo que eu não trepava que me achava no lucro), noites em claro e amizades relâmpago, que começavam na porta do banheiro das festas e terminavam assim que o dia raiava. Amigos de ocasião, homens descartáveis. Noites das quais não me lembro de nada. Uma sucessão de rostos, garrafas, camisinhas, ressacas, tudo ao mesmo tempo agora.

Os meses logo após a separação (mesmo de um relacionamento morno, ruim) são como andar de montanha-russa. Você não sabe em qual curva vai sentir um frio na barriga bom e em qual vai vomitar. Então apenas joga os braços pra cima, se deixa levar e torce pelo melhor.

Em uma tarde, acordei terrivelmente atrasada para o trabalho ao lado de um cara que eu nem sequer sabia o nome, na puta que pariu da Zona Sul, e pensei que essa farra toda precisava acabar ou acabaria comigo primeiro. Saía todos os dias, de domingo a domingo. Bebia demais, trepava demais e me atrasava demais (não sei como não fui demitida). Eu não aguentava mais ser aquela Catharina.

Fui tão esperta e assertiva naquele dia: compreendi que precisava retomar as rédeas da minha vida antes que tudo desandasse de vez. Então, na mesma tarde em que chamei um Tele Táxi na Zona Sul enquanto o homem desconhecido ao meu lado roncava intensamente, me inscrevi em uma academia e em um curso na Udemy com foco em SEO. Sabia que precisava cuidar melhor de mim, da minha saúde e da minha carreira.

É estranho perceber isso porque, no que tange a você, eu fico com a visão embaçada. Fico burra.

Foi mais fácil sair da fossa depois do término de um relacionamento de sete anos, foi mais fácil diminuir radicalmente a bebida e as saídas da noite para o dia, foi mais fácil passar a fazer marmitas saudáveis e frequentar a academia cinco vezes por semana do que dizer "não" pra você. E você, Gael, sempre foi tão ou mais prejudicial para mim quanto beber descontroladamente.

Pela primeira vez em muito tempo, eu estava me sentindo bem, linda e livre. Alugava um apartamento na Venâncio Aires, pequenininho, mas só meu, e gostava do meu trabalho na Fundação de Artes Visuais da Trienal do Mercosul. Saía todas as sextas com a Júlia, íamos em bares pé-sujo na Goethe e falávamos de trabalho, filmes, livros, família e tudo o mais até de madrugada. Bebíamos, é claro, mas nada descontrolado. Já aos sábados eu costumava ir ao cinema sozinha, na Casa de Cultura Mario Quintana ou no Santander Cultural. Voltava para casa, lia um pouco, dormia de conchinha com Leilinha, que estava mais velhinha e tranquila. De vez em quando dormia com um homem, deixava que me levasse para sair e até aceitava que atrapalhasse o meu programa solitário de cinema aos sábados, mas nenhum me empolgava – e eu estava bem assim.

Depois da fase hardcore, eu estava bem, achava tudo novo e gostoso. Escolhia que filme assistir ou que comida jantar ou qual passeio fazer aos feriados sem ter que negociar com ninguém como fazia com Danilo. Comecei a colar cartazes nas paredes (de filmes do Truffaut, de lugares que queria conhecer e de frases do Caio Fernando Abreu), experimentar novas receitas, ficar na cama até o meio-dia aos domingos, correr no parque, comecei, enfim, a descobrir uma nova Catharina, a Catharina adulta. Eu gostava dela.

Só que você tem um apito interno que soa desesperado quando sabe que estou bem. Não tem, Gael?

8

— Aparece lá no sábado. Vai estar toda a turma.

Adriano, o nome dele. Era um cara muito magro do colégio, gente boa e um pouco tímido. Eu frequentava as reuniões dançantes no seu salão de festas quando éramos pré-adolescentes e depois ia sempre aos seus aniversários quando éramos colegas. Eu não recebia muitos convites naquela época, mas Adriano convidava todo mundo, era um rapaz educado. Ainda é.

É claro que eu ia nessas festas na esperança de ficar com você. Eu era tão boba. Segurando meu copo de plástico com refrigerante diet, ria das piadas dos outros mesmo que não achasse graça. Estava sempre desesperada para ser aceita. Morria de medo de ficar isolada nessas reuniões. Aquilo evidenciava ainda mais o quanto eu não me ajustava. Era bastante patético. Perdi as contas de quantas vezes torci para que uma rodinha de conversa que eu estava não se desfizesse ou que uma pessoa conversando comigo não fosse chamada por outra mais interessante. Cerrava os dentes de tanta tensão, minhas mãos suavam. E, como se não bastasse, com o canto do olho procurava por você. E você, óbvio, nunca procurava por mim.

Apenas uma vez, na saída do condomínio do Adriano, quando eu me apressei pra sair ao mesmo tempo que você, embora não tivéssemos trocado uma palavra a noite inteira, só dessa vez, fomos embora juntos. Eu fiquei relativamente perto de você na calçada, esperançosa. Torcia internamente para que me chamasse para ir para a sua casa, que de repente até me beijasse (afinal, ninguém ia ver, estavam no salão de festas, longe da entrada). Então você estendeu o braço para chamar um táxi e, quando o motorista parou, abriu a porta do carro e olhou pra mim, fazendo de conta que não tinha me visto antes:

– Olha a Catharina! – disse para ninguém. E, em seguida, acenou com o rosto para dentro do carro, indicando que eu entrasse.

Quando encontrei Adriano caminhando pela Independência, tantos anos depois, e ele me convidou para o aniversário dele, eu percebi que ia te reencontrar. E você, Gael, era uma lembrança distante, não é uma loucura pensar isso? Pensar que, durante anos, você não era uma parte imensa da minha vida?

Bem, não vou mentir. De vez em quando, em períodos especialmente monótonos com Danilo, eu pensava, sim, em você. Eu pensava como seria se fosse você e não ele nessa ou naquela situação. No entanto, logo abanava a ideia para longe como quem abana a fumaça do cigarro. A suposição era absurda, eu pensava que o que eu havia sentido por você era uma paixonite boba de adolescente e nada mais.

Você não era nada além de uma memória desbotada. O moleque que se negava a me beijar na boca porque isso era coisa de "namoradinho", como você dizia. O moleque que nunca ficaria comigo na frente dos outros pois eu não estava à altura do seu padrão.

No entanto, quando Adriano falou "vai estar toda a turma", eu já sabia, eu previa, que você ia cair de quatro por mim.

Conheço você talvez melhor do que você mesmo se conhece. Eu sabia o seu tipo e, naquele momento, eu era o seu tipo. Apostei comigo mesma enquanto me despedia de Adriano, já pensando em que roupa iria usar: “Gael vai enlouquecer”.

E você, de fato, enlouqueceu.

Finalmente você me queria, Gael. É claro que eu sabia o motivo. Ao contrário do que se pode pensar de uma mulher que se sujeitou a tudo o que você me fez passar, eu nunca fui burra. Eu sabia perfeitamente que você só estava me cobrindo de gentilezas durante aquela festa porque finalmente não me viu como a garota estranha que só queria usar.

Eu me vinguei. Não te dei moral nenhuma. Só no final, com você agonizando já, nervoso (Ai, como eu gostei! Como eu gostei de te maltratar!), só então peguei minha bolsa, você me olhando como um cachorrinho, como um menininho, como um pedinte, como um pobre coitado, como uma adolescente idiota que ficava olhando o garoto mais popular do colégio passar na esperança absurda de que ele, um dia, também olhasse para ela. Só nessa hora é que eu te disse, é que eu mandei em você, a bolsa pendurada no ombro:

– Me leva agora.

A sua atrapalhação, o fato de não ter se despedido de ninguém e simplesmente ter me obedecido e saído pela porta, meu Deus, Gael, como eu gostei!

No carro em alta velocidade, você agarrou a minha coxa com a mão direita e disse que não via a hora de arrancar a minha calcinha. Então eu perguntei, candidamente, "que calcinha?", e você quase bateu o carro. Já no estacionamento do motel, embora você tentasse, eu não permiti que avançasse mais um centímetro na minha pele.

Íamos fazer direito.

Íamos fazer direito pela primeira vez.

Íamos fazer amor.

9.

Você tinha aquela qualidade das estrelas de cinema: os homens queriam ser como você e as mulheres queriam você. Desde o colégio foi assim. As garotas sempre empoleiradas nos teus ombros, os meninos te chamando pro futebol, pra festa, pra praça do outro lado da rua quando o sinal tocava, e podíamos aproveitar o intervalo pra jogar conversa fora e fumar um ou dois cigarros. Eu te olhava, não conseguia disfarçar, teu corpo sempre teve poder sobre o meu, eu não conseguia desgrudar os olhos de ti. Você sempre com uma namorada diferente, loiras e altas, um desfile de loiras, e eu ali: pequena, sem graça, sem sal, sem sorte. Você iluminava o corredor quando aparecia, os caras estendendo a mão pra te cumprimentar, a loira alta da vez de mãos dadas contigo e eu, boba, minúscula, otária, iludida, te olhava passar.

Anos mais tarde, enquanto estávamos abraçados na cama do motel depois da festa do Adriano, nossos corpos refletidos no espelho do teto – minha coxa forte cobrindo a tua barriga lisa, como fomos bonitos! –, você, de olhos fechados, sorriu. Estava relembrando:

– Quando a gente era adolescente eu te mandava mensagem de madrugada, lembra?

Fiz que sim sem falar. Você sentiu o movimento afirmativo da minha cabeça. O suor no seu pescoço brilhava e eu conseguia ouvir nitidamente as batidas do seu coração, ainda descompassadas. Você continuou:

– Eu mandava mensagem umas o quê? Três, quatro da manhã?

Virei o rosto pra você, meus cabelos longos se espalharam ainda mais no travesseiro. Beijei seu queixo e respondi:

– Por aí.

Então me levantei, nua, e fui até o frigobar:

– Quer uma cerveja?

Você se espreguiçou e abriu os olhos, pegando um travesseiro e apoiando ele nas costas pra se sentar na cama:

– Se você beber, eu bebo contigo.

Abri duas longs e voltei pra cama te alcançando uma. Brindamos e você pediu:

– Encosta aqui, não gosto quando você fica longe.

De novo teu peito, as batidas já ralentando e o suor no pescoço menos intenso. Como as coisas mudam rápido. Eu sorri e te dei um beliscão leve na cintura:

– Otário! Não conseguia pegar ninguém na festinha e aí me procurava de madrugada.

– Ah, isso é mentira! Pegar, eu pegava. Só não conseguia comer. Elas eram muito jovens e chatas.

– Eu também era jovem!

– Mas não era chata.

– Com "não era chata" você quer dizer que eu dava pra ti.

Você riu. Levou outro beliscão:

– Não tem graça! Coisa mais escrota. Você se aproveitava de mim!

– Pobrezinha!

– É verdade. Pensava assim, "vou procurar aquela otária apaixonada por mim, com ela o sexo é certo", e eu ia correndo.

Pela primeira vez desde que aquele assunto começou, você ficou sério, franziu as sobrancelhas:

– É isso que você pensa?

Eu gargalhei:

– É isso o que eu sei. Era exatamente assim. Até hoje não permito que um homem me procure depois das nove. Me traumatizei com teus SMS de madrugada.

Você me beijou no rosto e disse:

– Pois é, mas agora quem é o otário que vem correndo toda a vez que você chama?

Tentei disfarçar meu sorriso:

– Eu não chamo de madrugada.

– Se chamasse, eu vinha igual. Hein? Quem é o otário que é só você estalar os dedos que está na porta da sua casa em dez minutos?

– Hoje você demorou quinze...

Rimos, nos beijamos, repousamos as longs nas mesas de cabeceira. Seu pau estava duro de novo. Você se deitou em cima de mim, adoro sentir o peso do seu corpo no meu. Me beijou na boca, um beijo longo, o beijo que eu ansiava todos aqueles dias no colégio enquanto você desfilava com as loiras altas.

Antes de meter, você disse:

– Agora eu que sou maluco por você.

Trepamos até a hora que o seu futebol, tecnicamente, teria acabado. E então você voltou pra casa e para Renata.

Renata, a garota de 21 anos com quem você morava.

A obrigatoriamente loira e alta Renata.

10.

Você me escorria pelos dedos. Um lugar-comum, eu sei, mas não existe definição melhor. Me escorria. Era tão frustrante. Me dava e depois me tirava. Acenava com esperanças e depois apagava a luz. Me enchia de alegrias e depois me deixava em silêncio. Por dias. Por semanas. Quando estávamos fazendo sexo por mensagem e você demorava para me responder, eu pensava que certamente era porque estava fazendo sexo por mensagem com outra mulher.

E, provavelmente, você estava.

No início, nós nos falávamos todos os dias. Eu andava com o carregador do telefone na bolsa, para não perder uma mensagem sua. "Vocês têm uma tomada?", era minha pergunta ao entrar em qualquer lugar. Sentia como se você estivesse comigo. Esse fluxo interminável de mensagens desaguando na certeza de que nunca mais ficaria sem você.

Então, depois daqueles primeiros meses de encontros incríveis, secretos, quando eu gozava com uma intensidade que nem sabia que existia, quando a gente se esquecia que havia uma coisa chamada relógio e um mundo com pessoas lá fora, você sem ligar se ela descobrisse, Renata, filha do seu chefe, tão perfeita que seu único defeito era não ser eu, você ficou enfeitiçado por mim nesse começo, nesse recomeço, era como estar no céu, eu nem ligava que tivesse uma mulher na sua vida, e eu também imaginava que logo iria acabar com ela, que ficaríamos juntos, que você daria um jeito de driblar a ira do tal sogro, e então, tão rápido como chegou, você começou a me escorrer pelos dedos.

Eu fazia um teste contigo: esperava você mandar a primeira mensagem. Ficava calada. Passavam horas. Passavam dias. Uma vez, o seu silêncio durou uma semana inteira. Sete vezes 24 horas. E a cada segundo desse tempo eu sentia uma coisa pontuda, metálica, fina e irritante pinicar meu coração.

Você me doía tanto, Gael.

Quando eu achava que não havia mais jeito, você voltava. Prometia que não ia se repetir, se queixava da Renata, do sogro, botava a culpa no trabalho, dizia que logo tudo ia se ajeitar.

Quando eu aprendi a não acreditar em mais nada que saía da tua boca? Quando eu aprendi a desconfiar da tua palavra e a prestar muita atenção no teu silêncio?

Foram três anos assim, Gael. Três anos de um jogo cruel que eu não sabia as regras. Atendia suas ligações no primeiro toque, respondia suas mensagens assim que elas chegavam, entrava no seu carro no exato momento em que você estacionava na frente do meu prédio, feliz, imensamente feliz por estar sendo escolhida por você.

Você me tocava de um jeito que me arrepiava, não era só o jeito de tocar o clitóris, o bico dos seios ou as coxas, mas qualquer parte da minha pele, o rosto, a mão. Me beijava por muito tempo, o corpo inteiro, a boca, me beijava na boca finalmente! Me comia devagar, roçava seu nariz no meu, dizia baixinho: "linda".

Você me fazia feliz, Gael. Durava duas, três horas, e logo eu voltava para o canto do castigo, para a sala de espera, para o silêncio, para as horas mortas em que você não aparecia.

Você me fazia verdadeiramente feliz, era uma festa aqui dentro. Você era um acontecimento e eu não podia acreditar que me escolhesse, mesmo que temporariamente, não podia acreditar que aquilo existia, tamanho êxtase, tanta paixão, tanto entendimento do corpo um do outro, tanto arrepio, gozo, suspiro. Você me olhava, Gael, e meu peito explodia de alegria.

Fiquei espantada com isso. A felicidade, pra mim, foi um imenso susto. Eu não sabia que era possível, não tanto. Não desse jeito.

Nos momentos em que você desaparecia e me deixava no escuro, eu sentia dor de estômago, ficava ansiosa e cerrava os dentes. Mas o amor não tem dentes cerrados, tem? Não, o amor não pode ter dentes cerrados.

O amor não cerra os dentes, Gael. Se cerra, já não é mais amor.

11.

Assim que desci do Uber, dei de cara com Renata. Sentada na escada de acesso ao meu prédio, ela me esperava tranquilamente.

Senti como se o meu estômago tivesse ido parar nos meus pés e, por alguns segundos, não consegui me movimentar. Pensei, covardemente, em voltar pro carro e pedir ao motorista para arrancar. Não fiz nada disso. Renata me olhou em silêncio, enigmática: não estava triste, raivosa, não estava nada. Apenas se levantou e esperou. Mecanicamente, caminhei até a entrada do prédio e peguei minha chave. Quando abri a porta, dei um passo pro lado indicando que ela podia passar na minha frente. Enquanto Renata caminhava, fiquei olhando seus longos e bem cuidados cabelos loiros, seus elegantes sapatos de salto, seu terninho risca de giz.

No meu apartamento, tomei consciência pela primeira vez do quanto minhas coisas são improvisadas. Cartazes que nunca foram enquadrados colados direto na parede. Mantas no sofá e na poltrona cobrindo estofados manchados. Bancos altos, de balcão de bar, servindo como mesinhas de apoio. Renata perguntou, sem se virar para mim:

– Vocês se encontram aqui?

– Nunca – respondi rapidamente, como que defendendo Gael. Como se o fato de ele não me comer na minha casa, apenas em motéis, tornasse as coisas menos brutais.

Ela assentiu, muito digna, e sentou na poltrona da sala. Fiquei de pé, parada, sem saber o que fazer ou dizer. Mas Renata sabia:

– Eu queria um café.

A situação era tão absurda que perguntei, como uma idiota:

– Um café?

– Sim – ela respondeu, cruzando as pernas –, um café. Pode ser?

Não respondi e entrei na cozinha. Enquanto preparava a cafeteira italiana com a água e o pó, pensei em pegar meu celular (estava na bolsa que eu ainda levava pendurada no ombro) e escrever para Gael. Mas o que eu digitaria? "Sua mulher está aqui"? E o que ele faria? Viria também para minha casa? Tomaríamos café os três juntos?

– Logo fica pronto – anunciei pateticamente quando voltei pra sala e me sentei na beirada do sofá, como se eu fosse uma visita. Leilinha, velha demais para ouvir nossa chegada, dormia tranquila na sua caminha embaixo do rack da sala.

– Posso fumar?

– Não sabia que você fumava.

Ela deu uma risada curta e perguntou, irritada:

– Vocês dois falam sobre mim?

Antes que eu pudesse responder, ela se acalmou:

– Eu não deveria falar assim. Você me recebeu na sua casa, está fazendo um café. Peço desculpas.

– Vou pegar o cinzeiro.

Quando voltei da área de serviço com o cinzeiro, Renata acendeu o cigarro e notei suas unhas. Eram longas e bem-feitas. As minhas estavam roídas e com o esmalte roxo descascando. Ela agradeceu quando coloquei o cinzeiro na mesinha ao lado da poltrona.

Suas boas maneiras começaram a me irritar.

O terninho risca de giz, as unhas, o cabelo hidratado, os bons modos. Renata era superior a mim e sabia disso. Era a escolhida. Era a preferida. Assumida. Oficial. Amada.

Renata soltou a fumaça e perguntou:

– Qual o seu plano, Catharina?

– Não entendi.

Ela abanou a fumaça pra longe:

– Vocês estão... *juntos* faz quanto tempo?

Não respondi.

– Começaram na adolescência, não?

Hesitei, mas concordei.

– Mesmo assim, nunca namoraram?

Confirmei, muda. Novamente ela soprou a fumaça e disse, devagar:

– Mais de quinze anos. Não sei como você aguenta.

Tive vontade de responder "não sei como *você* aguenta", mas não conseguia articular palavras. O esforço para abrir a boca era tremendo. Meus lábios e dentes estavam colados.

– Você sabe que ele nunca vai ficar contigo, certo?

Fiz um gesto vago e ela continuou, dessa vez falando mais alto:

– Nunca vai ficar. A prova é que nunca ficou. Como você pode ser tão burra?

Finalmente consegui falar. Pedi:

– Por favor, fale baixo.

Renata ficou histérica:

– Eu falo do jeito que eu quiser! Eu vou gritar que você é burra, que no apartamento 5 mora uma mulher burra, que há anos corre atrás do meu namorado feito uma idiota!

Ela tragou novamente o cigarro, as mãos trêmulas. Não estava acostumada a perder o controle. Ouvimos o barulho do café ficando pronto. Sem olhar pra mim, Renata bateu o cigarro no cinzeiro e pediu, com a voz calma de antes:

– O meu é sem açúcar.

Balancei a cabeça, atônita. Parecia uma peça vaudeville e eu tinha vontade de quebrar a quarta parede, olhar para a plateia e fazer um gesto cômico que dissesse, “vocês estão vendo isso?”.

Quando voltei da cozinha com as duas xícaras, ela olhava para a janela. Seu rosto bonito de perfil. Uma lágrima. Só uma.

Fiquei sentada muito tempo depois que Renata foi embora. Depois, despejei o café intocado das xícaras na pia da cozinha.

12.

Gael me ligou aos berros no dia seguinte. Estava furioso por eu ter deixado Renata entrar na minha casa, estava furioso por eu não ter negado as acusações dela. Tentei explicar que Renata nem sequer me acusou, não foi isso que aconteceu. No momento que ela apareceu no meu prédio, palavras não eram necessárias. Ela só queria dizer "eu sei". Foi isso que ela falou enquanto os cafés esfriavam. Que, no início, achava que ele poderia estar traindo ela com mulheres diferentes, mas então percebeu que ele sempre chegava em casa com o mesmo perfume. E ficou nervosa, pois percebeu que preferia que fossem mulheres diferentes. Se fossem várias mulheres, não significaria nada, não haveria vínculo. Era isso que ela não suportava: que nós tivéssemos um vínculo tão forte e antigo, anterior a ela.

Renata não suportava que Gael existisse antes de conhecê-la e que tivesse existido comigo.

Ela não me pediu confirmação. Ela não precisava disso. Ela só queria olhar bem pra minha cara.

Claro que Gael não quis me ouvir. Ele não me deixava falar. E então, cruel como sempre, me disse que até tinha sido bom, porque esse negócio já estava indo longe demais. Falou assim, mesmo. Chamou o que nós tínhamos de "esse negócio". Disse que eu era uma doença, que eu adoecia ele. E disse que não era mais adolescente, que ia se casar com Renata, que inclusive tinha pedido ela em casamento ontem mesmo e que ela tinha aceitado, "se você quer saber".

Enquanto eu sentia que ia explodir de tanta dor, Gael me provocou, porque ele enfia a faca e torce, ele tem prazer em me maltratar. Me disse que isso seria melhor para nós dois, principalmente pra mim. Gael, o santo. O bom. O conciliador. Esfregou sua suposta superioridade de homem sério, de homem casado – embora ainda nem fosse – na minha cara, como se eu fosse uma pobre coitada. Me humilhou:

– O que você está fazendo com a sua vida, Catharina? Ainda é jovem, pode se casar com um cara legal, pode até ter filhos... A gente não faz bem um para o outro.

Ainda
é
jovem,
pode
se
casar
com
um
cara
legal,
pode
até
ter
filhos...

Milhares de vezes revi essa cena na minha cabeça. A sua crueldade e frieza, o jeito solto, selvagem, de repente me virar as costas, de me extinguir da sua vida, esse jeito tão masculino de não se importar.

Milhares de vezes pensei o que deveria ter respondido e o que deveria ter feito. Criei vinganças imensas que nunca coloquei em prática e réplicas inteligentes, ora sarcásticas, ora ferinas.

Eu queria te machucar. Eu queria que você se sentisse tão mal quanto fazia, naquele momento, eu me sentir. Aliás, não apenas naquele momento, mas também antes e, principalmente, depois. Você abriu a porta do abismo. Um telefonema seu bastou para me empurrar em uma verdadeira espiral de loucura, a primeira que você me lançou com tamanha violência, seus gritos ecoando, seu desprezo.

Você é um homem mau. E eu sou uma tonta, pois não apenas na hora não consegui articular palavra, ficando com o telefone encostado na orelha por muito tempo depois que você desligou, uma força estranha que me puxava pra baixo ao mesmo tempo que me fazia permanecer imóvel, o abismo, o jeito que você deu pra acabar comigo, acabar comigo em todos os sentidos, esse amargo na língua que nunca mais saiu.

Eu sei o que deveria ter te falado. Agora, eu sei exatamente o que deveria ter te falado.

Você é espantosamente rápido para dizer aos outros como devem viver suas vidas. A ironia é que não percebe que perdeu completamente o controle da sua. Aliás, nunca teve controle da sua. Você vai dançar sempre conforme a música. Você se movimenta de acordo com o que é conveniente. Você mede os seus desejos usando, como base, aquilo que esperam de você. Nunca mais, nunca menos. Parelho, nivelado. Você acha que é você contra o mundo, mas é você contra você, os dois no ringue: o que você deseja e o que fica bonito fazer. O que pega bem fazer. O que é convencional. Ou, melhor: quem é convencional. Um apartamento que o seu sogro vai dar de presente quando vocês se casarem e, provavelmente, um filho que você nunca quis. O que há? Você está na idade? Você está na idade de se casar e ter filhos, é isso? Mais uma tarefa pra dar check *na sua lista? E essa idiota que te adora – não esta aqui, a outra, a perfeita, a riquinha, a Renata – preenche todos os requisitos. Mas você ama ela? Você ama? Você não ama. E não vai achando que estou falando isso porque vou dizer que você me ama, não. Você está louco se acha que vou cair nesse clichê.*

O que eu acho insuportável, o que eu acho uma covardia da casa do caralho, é que você não se permite amar ninguém de verdade porque isso poderia te fazer sair desse script insano que você montou pra si. E acha que está no controle! E acha que tem tudo em ordem! A vida é desordem, Gael, a vida é a arte do desencontro, a vida é uma confusão.

A gente tropeça, derruba um objeto adorado que se quebra no chão, entra na rua errada – e o retorno fica na puta que pariu – e planeja uma viagem para a praia justo quando uma chuva inesperada cai porque tudo, tudo, tudo que a vida tem pra te dar é o inesperado. Deus morre de rir quando fazemos planos. Quando você vai parar com isso? Desde que temos catorze anos você faz planos, você traça metas, você se impõe prazos. Você perdeu a noção do que realmente quer e do que deve querer de uma maneira tão brutal que acho que confunde as duas coisas. É você no ringue apanhando de você.

A vida é desordem, Gael, a vida é a arte do desencontro, a vida é uma confusão. Vai dar tudo certo e depois, tudo errado, e então tudo certo e assim sucessivamente até a hora da sua morte.

Escuta aqui: as ideias estão no chão, como diz o poeta. Você tropeça e acha a solução.

A gente derruba um objeto adorado que se quebra e então percebe que ele nem combinava mais com a decoração da sala. A gente entra na rua errada e o retorno fica na puta que pariu, mas acaba sendo um trajeto tão bonito! A gente planeja uma viagem para a praia justo quando uma chuva inesperada cai e acaba sendo uma delícia passar aqueles dias jogando cartas, fazendo palavras cruzadas e dormindo. Porque tudo, tudo, tudo que a vida tem pra te dar é o inesperado justamente pra te lembrar que ela não é uma equação, não tem que ser resolvida. O Paulinho da Viola diz isso, não é você que ama o Paulinho? "Que na vida/paixão e razão/ ambas têm seu lugar/ E por isso eu lhe digo que não é preciso buscar solução para a vida/ Ela não é uma equação/ Não tem que ser resolvida". Você me perguntou o que eu estou fazendo com a minha vida. Pois muito bem: eu que te pergunto. O que você tá fazendo, Gael? O que você tá fazendo com a porra da tua vida?

Eu sei o que deveria ter te falado. Agora, eu sei exatamente o que deveria ter te falado e nunca disse. Mas a nossa história sempre foi assim, cheia de palavras perdidas, não ditas ou mal ditas.

13.

— Pelo amor de Deus, Catharina! Você achou que eu ia ficar contigo? Namorar contigo? Deixa de ser louca!

Estou molhada da chuva na entrada do prédio dele. Estava tão bêbada que nem sei como cheguei aqui. Lembro vagamente de apertar o 303 diversas vezes até ele me atender, tonto. O barulho do temporal tornava a comunicação ainda mais difícil. Quando me viu pela janela, Gael exclamou:

– Puta que partiu, Catharina!

Eram duas horas da manhã. Ele desceu com uma toalha, que me entregou. Não me abraçou, não me deixou subir. Estava furioso, mas controlava a voz para não acordar os vizinhos. E repetia:

– Graças a Deus a minha guria não está aqui.

Cada vez que ele dizia isso, eu sentia um murro no peito. "Minha guria". A guria que eu jamais seria.

Eu não tinha nada que ter ido procurá-lo. Mas o sacrifício que era, que sempre foi, me manter afastada de Gael é como o trabalho do alcoólatra para ficar longe da bebida.

Naquela noite, eu tive uma recaída.

– Olha o seu estado! Tá com bateria pra chamar a merda de um carro? Tu não vai dormir aqui nem a pau, se era isso que tava pensando.

Não aguentei. Comecei a chorar. E chorei aos soluços, enquanto ele implorava que eu fizesse silêncio. Quanto mais ele pedia, mais alto eu chorava.

Gael se ajoelhou e segurou minha mão, vencido.

– Fica calma. Fica calma.

Enquanto isso, ele digitava com a outra mão, chamando um carro para a minha casa no aplicativo dele. Gael encostou a testa na minha. Ficamos assim por alguns minutos, até que eu me acalmasse, e ele então disse, baixinho:

– Acabou, Catha.

14.

"Que bonita nessa foto."

"Obrigada."

"Só isso?"

"Não entendi."

"Faz um ano que a gente não se fala e você só vai responder 'obrigada'?"

"Dois. Faz dois anos."

"Pois é. Pior ainda."

"Lembra a última coisa que você me disse?"

"Catha."

"Você lembra?"

"Catharina."

"Você disse que acabou, Gael."

"Você ainda me ama?"

"Você me humilhou, Gael."

"Você ainda me ama?"

"Você ainda está com ela, Gael."

"Você ainda me ama?"

15.

Quando nos reencontramos, tudo e nada havia mudado. Gael continuava com Renata e isso eu já sabia: monitorava, como uma idiota, as páginas dela e dele no Instagram. Gael havia me bloqueado e desbloqueado diversas vezes ao longo dos dois anos que ficamos distantes. Ela nunca me bloqueou, acho até que queria que eu visse o que postava. Queria que eu visse eles juntos em jantares e viagens românticas e também queria que eu visse sua rotina, o aconchego gostoso do seu cotidiano, especialmente no primeiro ano, quando ele estava tentando ser um cara melhor, um namorado melhor. Queria que eu visse o que eu não tinha e nunca ia ter.

Virginia Woolf escreveu que uma decepção amorosa envenena a vida inteira de uma mulher.

Não foi a minha vida inteira, mas durante esses dois anos, a minha vida estava envenenada. A falta que Gael fazia me doía fisicamente. De vez em quando eu me lembrava que ele não me queria mais e me desesperava como se tudo tivesse acontecido no dia anterior. Como uma maníaca, lia mensagens antigas que trocamos, tentando encontrar sinais que antes não tinha visto, qualquer coisa que me desse esperança de que ele voltaria. Eles não se casaram e isso também me trazia alento. Eu bolava teorias, criava um universo paralelo em que Gael não se casava com ela porque iria se casar comigo. Eu não imaginava apenas que ele ia me procurar, como de fato procurou, mas que me procuraria mudado e com uma aliança na mão, disposto a desfazer todos os erros cometidos desde que nos conhecemos.

Aquela humilhação no prédio dele, eu bêbada e molhada da chuva, ele citando Renata sem parar, "a minha guria", essa lembrança chegava de vez em quando num golpe repentino e me deitava na lona. Eu era uma mulher vencida. E é claro que conheci outros homens durante esses dois anos, mas o lugar que o Gael ocupava seguia desocupado. O clichê do vazio, uma parte muito imensa do que eu era, de quem eu era, que simplesmente não existia mais.

Não ter Gael nunca mais não apenas me doía, mas também me afligia, me deixava em pânico. Esse terror me assaltava em horas absurdas, me despertava durante a madrugada, me atingia no meio de um beijo, me roubava orgasmos, me sequestrava enquanto eu ouvia um pagode romântico ou assistia um casal se apaixonar em um filme qualquer. De chofre, eu lembrava que tinha perdido Gael, que nunca mais teria Gael.

Era desesperador.

Você se infiltrou em mim de uma forma tão completa, tatuado por dentro, que perder você era me perder também, matar você em mim era me matar. Então eu relia nossas conversas, olhava as tuas fotos, me tocava lembrando do jeito que você me tocava. Às vezes ia além, mandava uma mensagem que você visualizava e nunca respondia e então voltava a me bloquear para não ter mais esse tipo de estorvo, de incômodo. Depois de alguns meses, eu voltava a encontrar o seu perfil, meu coração disparava como um trem-bala, era uma alegria quando você me desbloqueava e é claro que eu sempre pensava que isso significava alguma coisa.

"Isso significa alguma coisa" foi provavelmente a frase que eu mais disse nesse período, enlouquecendo a minha madrinha, enlouquecendo a Júlia, enchendo o saco de ambas com as minhas teorias e minhas análises, falando sobre o mesmo homem durante dois anos, tentando enxergar algo que eu nunca ia encontrar pois simplesmente não existia.

Era o seu ego, é claro que era o seu ego e também o tédio com Renata: ter uma mulher obcecada por você fazia com que se sentisse melhor, mexia com a sua vaidade. Ela já devia estar por aqui contigo também, e a nossa história devia atormentá-la tanto quanto a de vocês me atormentava. Nossa relação era um fantasma, sempre ia voltar para assombrá-la. Fico imaginando quantas vezes essa carta foi colocada na mesa de novo. Quantas vezes ela sacou a carta Catharina no meio de uma briga e você teve que virar um menino muito, muito bonzinho, para que ela a colocasse de volta na manga?

Quando você voltou, eu pareci muito fria e *cool* no início, mas estava tremendamente nervosa. Não acreditei quando a notificação subiu. "Que bonita nessa foto." @gaelgael. Parecia um milagre.

Você estava diferente, era mais carinhoso comigo. O sexo era incrível e você sempre falava isso, sobre a nossa química, sobre como era gostoso, sobre como era ainda melhor do que antes. Eu sei que você voltou pra mim porque as coisas começaram a ficar entediantes com Renata, A Perfeita, e porque precisava de uma massagem no seu ego, mas acredito que, quando voltamos a trepar, eu também estava diferente, mais velha, mais experiente, e o sexo – que sempre tinha sido muito bom – se tornou espetacular.

Você era louco por mim. Louco. Tinha um tesão absurdo, falava sempre que eu era impressionante, que você não acreditava na sorte que tinha. E eu ficava tão feliz por, depois de dois anos de silêncio, depois da humilhação na noite de chuva, do seu telefonema irado quando Renata me visitou, das suas mensagens de madrugada quando éramos adolescentes, eu ficava tão feliz de te ouvir dizendo: "que sorte que eu tenho!".

Eu tinha sido um incômodo e agora era uma sorte. Não queria que nada mudasse, não te fazia perguntas, não queria ouvir promessas, só queria saber da tua boca na minha, teu corpo no meu, teu toque, o tom da tua voz, eu só queria ser tua pelo tempo que você quisesse, muito entregue e muito solta, muito ávida para te satisfazer e te manter perto de mim pelo maior tempo que eu conseguisse, talvez até pra sempre. Você tinha voltado pra mim e só isso importava.

Quando você voltou, eu me esforcei muito para que ficasse. E, dessa vez, eu sabia exatamente qual era o segredo para fazer você ficar: eu ia me tornar a maior e melhor foda da sua vida.

E eu me tornei.

16.

— Você se importa se a gente fumar?

Um olhar ansioso, quase assustado:

– Não, claro que não. Afinal, estamos no fumódromo.

– Maravilha. Eu sou Marcelo e ela se chama Anita.

– Prazer.

Os homens se cumprimentam com aperto de mão. As mulheres se beijam no rosto.

– Vocês vêm sempre aqui?

O casal troca um olhar rápido, tentando lembrar:

– Acho que é a quinta vez.

– Sexta, amor – ela corrige enquanto Marcelo acende um baseado.

– Uau, então devem gostar! É nossa primeira vez. A gente tava nervoso, mas depois percebeu que é todo mundo tão... normal! – a garota riu, meio envergonhada.

Anita gostou dela e concordou, passando o baseado para Marcelo:

– Isso mesmo. E tem outra coisa: aqui você só faz o que quiser.

Marcelo acena com a cabeça e passa o baseado para o marido da outra mulher:

– A Anita sempre me diz que é mais respeitada aqui do que em qualquer balada, né, amor?

O casal é bonito. O cara é alto, tem cabelo raspado e olhos azuis. A moça tem cabelo castanho e o nariz arrebitado. Marcelo volta a segurar a mão de Anita, que soltou momentaneamente enquanto ambos fumavam. A garota faz mais uma pergunta:

– Estão casados faz quanto tempo?

– Vinte anos – Marcelo responde, orgulhoso.

O outro homem finalmente se pronuncia, surpreso:

– Mas são tão jovens!

Eles gargalham.

Desde o princípio, sem que precisassem combinar, Gael passou a dizer que eles eram casados. E a conta que fazia para definir o tempo era da primeira vez que transaram. Sempre causava espanto em quem ouvia. Não só por serem jovens, Catharina achava, mas também por aparentarem ser ainda tão apaixonados.

* * *

Uma noite, antes de buscar Catharina no Casa de Praia, Gael comentou: "Tô com o Lucas".

Lucas e Gael eram inseparáveis na época do colégio. Os dois caras mais bonitos da turma. Depois de formado, ele foi para uma porção de países diferentes – todos tinham praia – e Catharina via, pelo Instagram, fotografias do ex-colega surfando pelo mundo afora. Não fazia ideia em que Lucas trabalhava, mas devia ganhar bem pra viver daquele jeito.

"Não sabia que ele estava aqui."

"Veio visitar."

Gael estava digitando, mas parou. Repetiu esse gesto duas, três vezes. *Gael está digitando.* Catharina lia aquilo na tela do celular e, segurando um drink na porta do bar, começou a ficar impaciente.

Finalmente, a mensagem:

"Não quero te ofender e, obviamente, tu pode responder o que quiser, mas o que tu acha de a gente fazer uma coisa diferente? Pensei que ele pode nos assistir transando e, se tu topar, pode te comer também. Fico com tesão de imaginar tu transando com outros, queria ver."

Catharina se sentiu ofendida, sim. No entanto, respondeu:

"Se eu não me sentir à vontade, se eu quiser parar, vocês param?"

Gael respondeu imediatamente:

"Na hora."

Catharina lembrou da sua timidez quando o carro chegou. Lucas, já no banco de trás, parecia um pouquinho embriagado. Ela entrou, beijou Gael na boca e virou pra trás, sentindo que estava ficando vermelha:

– Oi, quanto tempo.

Pensou que a situação era meio ridícula: conversar fiado com um cara que estava ali pra comê-la junto do outro amigo. Lucas se aproximou dela e beijou seu rosto. Então, fez carinho no cabelo dela e perguntou:

– Posso te beijar na boca também?

Ela concordou. Enquanto se beijavam, Gael colocou a mão na sua coxa. Foi subindo devagar pela saia curtinha até puxar a calcinha dela pro lado. Gemeu:

– Ela já tá molhadinha.

Lucas parou o beijo, sorriu e disse:

– Safada!

Durante a corrida até o motel, Gael masturbou Catharina enquanto Lucas a beijava e passava a mão nos seus peitos. Quando chegaram no motel, subiram até o quarto em silêncio, sem se tocar. Quando entraram, no entanto, Lucas abraçou-a por trás e começou a beijar seu pescoço. Gael, que estava caminhando na frente dos dois, se virou e beijou-a na boca. Catharina sentia o pau dos dois duríssimos nas calças e se esfregava em ambos. Gael se afastou para tirar a camisa e Lucas aproveitou para virar Catharina para si: queria beijá-la também. Nesse momento, Gael declarou:

– Só pra ficar bem claro: ela é minha. Isso é só uma brincadeirinha.

Aquilo deixou Catharina ainda mais excitada. Ela se livrou de Lucas e foi até Gael, que abriu a calça e se sentou na cama. Sentada no colo dele com uma perna pra cada lado, ela se mexia esfregando o clitóris no seu pau. Lucas veio por trás dela e tirou sua blusa e, depois, seu sutiã. Acariciava os peitos de Catharina enquanto ela se esfregava cada vez mais em Gael.

– Tá gostando?

Ela gemeu que sim.

Quando Lucas foi embora, Gael perguntou o que ela achava de eles irem em uma casa de swing.

– E se eu não quiser fazer nada?

– Então nós não vamos fazer nada. Catha, se tu quiser ir embora um segundo depois de entrar, é só me dizer.

Gael cumpriu a promessa. Na primeira vez que foram no Provocation (a pronúncia é francesa), ela quis só olhar. Não deixou ninguém a tocar e não permitiu, quando algumas mulheres se interessaram por Gael, que ele ficasse com nenhuma. Ele aceitou:

– Minha esposa é que manda.

Catharina adorou ser chamada de esposa, de mulher dele. Adorou. Naquela mesma noite, foram para um motel e transaram como nunca. Alimentaram a fantasia, as fantasias. Se deram nomes diferentes: ela seria Anita e ele, Marcelo. Relembravam o que tinham visto, imaginavam o que poderiam fazer. Na terceira vez Catharina, antes de descer no estacionamento da boate, pediu:

– Vamos só olhar de novo, combinado?

Gael assentiu. No entanto, quando Catharina entrou na festa, ela já sabia. Fazia parte do seu plano de mostrar para Gael que ela topava tudo com ele, que com ela o sexo sempre seria incrível e surpreendente, que ela ia dar um jeito para que ele nunca se cansasse dela.

Naquela noite, eles não iam só olhar.

* * *

Enquanto beijava o homem de cabelo raspado e olhos azuis, Catharina/Anita espiou Gael com a morena no colo. Eles se entreolharam e ela lembrou de um conto do Rubem Fonseca em que o casal se conhece e se apaixona no meio de uma suruba. Teve vontade de rir. Estava radiante. Na luz fraca da cabine daquele lugar, ela pensou que ele podia transar com quem quisesse e até se casar com quem quisesse.

Ele era dela.

Sempre tinha sido dela.
E sempre seria.

17.

"Escuta, tu consegue ir pra praia passar o finde? Posso passar aí em uma hora pra te buscar? Vamos pra Torres."

A coisa que eu mais me lembro do final de semana que passamos na praia, quando parecia que as coisas finalmente iam mudar, foi uma frase simples. Pegamos uma chuva inesperada e voltamos pra casa. Você se lembra disso? O carro cheio de areia, nossas bocas roxas de frio, o céu ficando assustadoramente cinza enquanto nós ríamos daquele temporal inusitado.

Quando entramos em casa, você jogou as coisas de qualquer jeito no hall – as cadeiras e o guarda-sol – enquanto eu descalçava os chinelos. Ouvi você ligar o chuveiro enquanto me olhava no grande espelho da entrada. Molhada, pega de surpresa pela chuva súbita, os dentes batendo, mas, mesmo assim, me achei linda. É isso, a felicidade plena é isso. Dias de sol podem ser surpreendidos por uma chuva congelante e tudo bem. É uma felicidade bruta, forte, resistente. Uma beleza imensa. E foi enquanto olhava meu corpo encharcado de chuva e de mar, foi nesse instante que eu te ouvi gritar:

– Vem tomar banho, meu amor. Você vai pegar uma gripe.

Deixar as peças do biquíni deslizarem do meu corpo. Entrar no banheiro já branco de tanto vapor causado pela água absurdamente quente que caía do chuveiro. Teu corpo bonito esperando pelo meu, abrir o box, sorrir pra ti, ser abraçada embaixo dessa queda, sentir aos poucos a temperatura do corpo voltar ao normal e deixar, sem vergonha, a alegria desaguar de mim. Só eu mais você no chuveiro, outro tipo de força da natũreza. O amor é isso, não é?

O nosso amor sempre foi, ou pelo menos era isso que eu gostava de pensar. *This is no ordinary love.** Sempre que escutei essa música, pensei em

---

* Esse não é um amor qualquer.

nós dois. Que tipo de amor, de paixão, de tesão resiste à força do tempo e dos desencontros, como nós dois resistimos? Depois de todo esse tempo, você ainda se maravilha todas as vezes que eu tiro a roupa na sua frente. O sexo quente, às vezes até desesperado, a nossa incompetência para ficarmos longe um do outro, a urgência das mãos, da pele, da língua.

Chorei quando você começou a me chamar de "meu amor". Quando parou subitamente, em um corte seco, nenhuma lágrima. Você me acostumou ao sofrimento.

Sabe, Gael, eu acho que é isso que não consigo perdoar: você me deu intimidade com a felicidade para, depois, arrancá-la de mim.

18

Duas listras azuis em um palitinho.

Foi poucas semanas depois que voltamos da praia. Senti os seios pesados, fiquei enjoada algumas vezes na academia. Na farmácia, pedi o do tipo mais barato. E no caminho de volta para casa imaginava, sorridente, a sua reação quando eu contasse.

Você andava tão carinhoso, me escrevia todos os dias! Era outro Gael. Quando estivemos em Torres naquele final de semana, não perguntei por Renata, onde ela estava e nem se havia acontecido alguma coisa. Renata era um nome proibido, impensável de ser dito, mencionado. Eu não te cobrava nada, não fazia o típico papel da mulher que quer saber quando o sujeito vai largar a oficial. Imaginava que as coisas não andassem bem e especulava, com os meus botões, o que teria acontecido pra você de repente me levar à praia (coisa que nunca tinha feito), pra você de repente aparecer comigo em lugar público sem aparentemente se importar de ser visto por alguém que sabia que você fazia parte de um casal.

O que me importava era que os astros haviam se alinhado finalmente e talvez por isso mesmo tudo tivesse demorado tanto. Talvez o nosso caminho tenha sido confuso justamente para, ao chegarmos no destino, encontrarmos a perfeição.

Duas listras azuis em um palitinho.

Agora, sim, seríamos felizes.

19.

Está frio, a temperatura mínima vai chegar a oito graus e não tem jeito de fazer Bebel vestir o casaco. Minha paciência está se esgotando, pois eu coloco o casaco e ela tira de novo, em questão de segundos. Todos os dias foram a mesma coisa essa semana.

"Bebel, por favor!"

Ela sorri, aquele sorriso que me mata, assim como sua barriguinha linda, proeminente no moletom do colégio, e seus cabelos castanhos-claros com cachos nas pontas. Ela já tem cinco anos e nunca cortou o cabelo. Não tenho coragem de me despedir dos cachinhos.

"Bebel, a gente vai se atrasar!"

Ela gargalha, sapeca, e vai tirando a mãozinha de dentro da manga que acabei de vestir. Suspiro, frustrada. Gael passa apertando a gravata e olhando o celular. Faz que não nos vê, mas em um movimento rápido, livra as duas mãos e pega Bebel com facilidade, virando ela de cabeça pra baixo. A pequena gargalha. Eu reclamo:

"Ela acabou de comer!"

Gael me dá um selinho, ainda com Bebel de cabeça pra baixo no seu colo, o gosto de menta nos seus lábios. Acabou de escovar os dentes. Coloca nossa filha, que ainda ri, de volta no chão.

"Escuta, tampinha: que dia da semana é hoje?"

"Sexta-feira!"

"Muito bom. Então que dia é amanhã?"

"Sábado!"

"Exatamente! E o que o papai combinou com a Bebel ontem enquanto lia historinha pra ela dormir?"

E cochicha pra mim, enquanto estou tirando a louça do café da manhã da mesa: "o que demorou 158 anos".

Rio baixinho. Bebel estava na fase de pedir para que contássemos a mesma história diversas vezes antes de dormir.

"Parque!"

"É isso aí! Papai e mamãe vão te levar ao parque, vai fazer um super sol, um dia lindo, e a gente

vai brincar no parquinho e comer algodão-doce e talvez até... adotar um cachorro na feira da Redenção!"

"Pelo amor de Deus, Gael!", eu gritei.

Bebel também gritou, mas gritinhos de alegria, batendo palmas:

"Um cachorro!"

"O papai disse talvez", ele negocia com ela, enquanto me diz entredentes:

"Ela vai esquecer, até amanhã ela esqueceu, é só não passar na feirinha de adoção."

Como se uma criança fosse esquecer uma promessa dessas. Suspiro novamente.

"Mas pra tudo isso acontecer, você não pode estar gripada, nariz escorrendo, tossindo o tempo todo. Então bora botar o casaco?"

Ela fez que sim, decidida, e obedeceu.

"Que menina educada! Agora, junta os brinquedos que estão na sala e guarda no seu quarto? Assim fica tudo pronto pra mamãe levar você pra escolinha."

Bebel saiu correndo para obedecer e Gael me olhou. Ele colocou as mãos pra cima e disse, com falsa modéstia:

"Ora, não precisa aplaudir. Não, o que é isso, muito menos aplaudir de pé. Bem, se quiser, pode."

Aproveito que estou com o pano de prato na mão e bato com ele no seu peito:

"Aplaudir o quê? Você chantageou ela!"

"Bem, pelo menos ela colocou a merda do casaco."

"E agora vou ter que adotar um cachorro, o que você sabe que não quero desde que a Leilinha morreu..."

"Não vai ter, nós não vamos ter que adotar cachorro nenhum, Catha."

Ele já está saindo quando aponta pra mim:

"Mas se tivesse, seria assim tão ruim?"

E abriu a boca, fingindo espanto, enquanto eu jogava uma laranja nele, a primeira coisa que encontrei. Rimos muito. Gael gritou:

"Boa aula, princesa. Te amo!"

A vozinha cantada de Bebel ecoou no corredor:

"Te amo, papai."

Me aproximei para dar tchau. Gael me enlaçou pela cintura:

"E você, mamãe, não vai dizer que me ama também?"

"Não sei. Essa história de cachorro..."

Ele sussurrou no meu ouvido:

"Talvez hoje de noite eu possa compensar... Será que a babá não consegue vir? Podíamos ir no Provocation. Você ainda não usou a lingerie que eu comprei pra ti de Dia dos Namorados."

"Estou guardando para uma noite especial."

Gael me aperta:

"Todas as noites contigo são especiais."

Me beija de leve, abre a porta e sai.

Bebel reaparece, de casaco e mochila, bochechas coradas do esforço de guardar os brinquedos.

Ela é tão bonita.

Tem os olhos do pai.

20.

Quando cheguei em casa, me deitei na cama e abracei meus próprios joelhos. Chorei como nunca havia chorado antes. Um choro represado, um choro adiado, um choro mais que doloroso. Era uma sensação pontiaguda por dentro, como se alguém me cutucasse a pele com o dedo ossudo e debochasse de mim insistentemente, maltratando, machucando, torturando. Uma coisa que não cessava fazia quanto tempo? Desde que Gael andava pelos corredores do colégio em que estudamos, desde suas ligações de madrugada durante a minha adolescência confusa e carente (o dedo ossudo cutucava com força), desde as desculpas, os atropelos, afastamentos, apelos, retornos, fazia quanto tempo, meu Deus?

"Vou com você se precisar."

Se precisar.

Como quem faz um favor.

Vou com você se não houver outro jeito.

Vou com você.

Porque você, Catharina, você vai.

Sob a vigilância de Júlia, encolhida na cama, chorei por três dias e três noites.

Dez dias depois que voltei da clínica, ele apareceu. Júlia não queria deixá-lo entrar, parecia um galo de rinha. Tinha toda a raiva por ele que eu não conseguia ter. Gael me sugou tanto que me deixou no negativo, eu não tinha nada mais a oferecer, achei que não tinha mais nada que ele pudesse fazer doer em mim, que estava tão acabada que agora tanto fazia o que ele tinha pra me dizer, talvez pedisse perdão, talvez chorasse, não me importava, que falasse o que precisava falar.

Então, com a terra se abrindo debaixo dos meus pés, escutei as coisas mais horríveis que já havia escutado. Eu francamente não sei como não morri de dor e também não sei como pude ser tão idiota de imaginar que ele não poderia me machucar mais.

Você podia, Gael. Claro que você podia.

Você não ia sossegar se não voltasse pra me reduzir a nada, eu já tão pequena.

Era da sua natureza me machucar.

Você disparou.

Renata estava grávida.

Bang bang.

Ele havia engravidado nós duas quase ao mesmo tempo.

He shot me down.

Eles iam finalmente se casar.

Bang bang, I hit the ground.

O plano traçado por Gael. Um bom casamento. Uma boa esposa. Um filho. O sogro um dia se aposentaria. Gael talvez se tornasse CEO antes dos 45.

Bang bang, that awful sound.

Ele me pediu desculpas. Sentia pena de mim, mas não podia fazer nada.

*Bang bang, my baby shot me down.**

Fúria.

---

* Bang bang. Ele atirou em mim. Bang bang, eu caí no chão. Bang bang, aquele som horrível. Bang bang, meu amor atirou em mim.

Ainda com coágulos e sangue que insistiam em sair de mim dias depois da abominação que você me obrigou a fazer.

Fúria.

O fogo na nossa primeira vez.

Incêndio.

Um presságio, talvez.

Fúria.

Depois de tudo você vem até aqui pra me abater desse jeito com essa covardia, essa covardia que sempre te foi tão inerente, é engraçado que me surpreenda.

Fúria.

Eu tive vontade de bater em Gael. Arranhar seu rosto até tirar sangue. Eu tive vontade de esbofetear Gael e de me jogar pela janela e de me rolar no chão e de chorar por semanas e de berrar pela rua que o homem que eu amava, que eu amei a vida inteira, ia se casar com outra mulher, que ia ter um filho com outra mulher e que eu não ia conseguir suportar isso e tive vontade de rir histericamente e dizer que ele era um monstro e que os dois eram um clichê ridículo.

Tive vontade de dizer: "Ora, pelo amor de Deus, que coisa patética vocês dois, que coisa PATÉTICA!".

E então gargalhar muito alto, com a boca bem aberta, mostrar os dentes.

Você trai essa mulher por anos comigo, chega em casa noites e noites com o meu cheiro, chega em casa depois de me comer em todas as posições, chega em casa depois de dormir abraçado comigo, fazer carinho no meu corpo, beijar meus cabelos, me amar, porque você me amou, Gael, você me amou, você me amou, todas essas vezes, todos esses anos, não é possível, Gael, não é possível que você não tenha me amado, você voltava pra casa depois de fazer amor comigo, brindar comigo, gozar na minha boca, marcar meu corpo, pedir pra me comer de novo só mais uma vez porque o tesão não tinha passado ainda, porque eu te deixava louco, você voltava pra ela e me mandava mensagens do banheiro, a foto do pau, dizia olha como está duro, ainda estou com vontade de você, você dizia isso, você dizia sempre quero você, você não queria ela, não quer ela, você quer a mim, você quer a mim faz mais de vinte anos, só é burro demais pra perceber, então você voltava pra casa ainda com tesão, com o pau duro e não comia ela, queria me comer de novo embora já tivesse me comido sei lá quantas vezes, você voltava pra essa infeliz, e ela sabia que você estava comigo, ela sempre soube que você estava comigo, você dormia com ela com a memória do meu corpo tatuada no seu corpo, vocês lado a lado na cama, ela muito desperta, talvez chorasse, você dormindo e sonhando comigo porque eu sou a maldição que você vai levar pra sua vida, você deitava e dormia com ela, os dois lado a lado, ela muito desperta, você exausto, e mesmo com toda essa dor e humilhação basta que você, como se estivesse na porra da novela das nove, como se protagonizasse a merda de uma comédia romântica americana, basta que você se ajoelhe e pergunte quer se casar comigo, corna, burra, estúpida, quer se casar comigo, pra que ela esqueça tudo isso e diga que sim e certamente poste uma foto no Instagram com a hashtag eu disse sim e um emoji de aliança e outro emoji de buquê e outro emoji de vestido de noiva porque certamente essa filha da puta vai vestir branco, então lá vem a noiva, toda de branco, para se casar com você, que odeia ela, e é de mim que você tem pena?

Você me mata de rir, Gael. Me mata de rir.

21.

As fotos do casamento.

Depois, as fotos do bebê.

Dói, mas tenho um prazer: a criança é feia.

Gael é lindo, Renata é linda. A criança é inegavelmente feia.

Sorrio toda a vez que constato isso.

22.

Você vem com aquela camisa branca já amarelada pelo tempo, aberta no peito, suado, sorrindo, no meio da fanfarra. Eu fico imóvel. Sou uma mulher estupefata. Surpresa, pasma, perplexa, interdita, admirada, assombrada, atônita, boquiaberta e embasbacada. Você atravessa a multidão, os olhos fixos nos meus, teu sorriso amplo, ímã e isca, e sinto o meu corpo formigar. Por instantes – que parecem séculos – tudo para. Eu mesma paro, sou incapaz de me mover. De repente sou uma estátua, uma estátua no meio da fanfarra. O meu corpo – coberto de glitter, confete e serpentina – já não transpira mais. Meu sorriso ébrio sumiu, meu porre passou, provavelmente meu coração parou e vou desmaiar, morrer, ter um troço, ser pisoteada pela multidão da fanfarra no meio da Praça da Matriz por causa de você, Gael.

Você. Sua camisa amarelada, seu bronzeado, seus dentes brancos, suas promessas.

Você. Seus dedos hábeis, sua risada deliciosa, suas quartas de futebol.

Você. O chopp da Brahma, os discos do Paulinho da Viola, um jeito de mexer no cabelo.

Eu já tinha te esquecido quando você, de repente, brotou. Não, eu não tinha esquecido nada: eu nem sequer lembrava. Pra esquecer, a gente tem que lembrar. Eu tinha te arrancado da minha vida, do meu coração, do meu fígado, do meu sistema nervoso, do meu mural de cortiça, dos cantos da casa, das páginas dos livros e dos pagodes românticos.

Foi uma coisa violenta. Eu tinha te matado, Gael. Você estava morto, nem pó nem poeira, sem resquício nem nada. Você não era nem um fantasma: você simplesmente nunca tinha existido. Apagado. Exilado.

Não pode, Gael. Não pode. No meio do suor, sorriso aberto no peito, fanfarra amarelada pela passagem do tempo, serpentina e sexo, lembrança e confete, glitter e amor. No meio da minha alegria, você vem se atravessando. Você vem se atravessando e sei que, se eu permitir que entre novamente, vou me foder.

Você faz pouco do estrago que fez, pousa os olhos em mim, âncora, esquece que queimou navios, que me deixou sozinha no píer, *just sittin' on the dock of the bay wastin' time*, esquece que já afundamos.

Você vem: isca, âncora, sorriso, aquele jeito de mexer no cabelo. Você vem sem colete salva-vidas. Assim eu me afogo de novo, Gael.

23.

Não me afoguei.

Quando eu me cansei de você, esse cansaço não foi acompanhado de desprezo, mágoa, nojo, ódio ou algum tipo de sentimento mesquinho. Quando eu me cansei de você, foi como se acordasse de um sono profundo, de anos, de décadas, que me deixou com um gosto ruim na boca, um pouco de dor de cabeça e uma moleza no corpo. Foi como despertar de uma soneca não planejada, daquelas que, quando chegam, a gente não consegue controlar: os olhos pesam e as pálpebras teimam em fechar. Então, muitas horas depois, despertamos assustados, o raciocínio lento e, ainda assim, cansados.

Quando eu me cansei de você, eu acordei confusa. Percebi que o arrebatamento que a tua presença sempre havia causado na minha vida, no meu corpo, na minha mente e no meu sexo havia acabado.

Foi um vazio tão grande que me espantou. Por isso eu fiquei muda. Eu não conseguia te explicar, eu não conseguia organizar as coisas aqui dentro. Você fez as mesmas perguntas várias vezes depois que me pegou pela mão e me levou para longe da fanfarra e da Praça da Matriz, longe do barulho, mas não fazia diferença. Eu não te ouvia. Estava falando comigo mesma. E parecia um adulto que fala com uma criança machucada enquanto assopra seu joelho e consola: "passou, passou". Eu abraçava meus joelhos encolhidos junto ao peito e dizia pra mim mesma: "passou, passou". Uma mistura de alívio com espanto.

Como você podia ter parado de doer em mim?

Quando finalmente acordei para o momento em que estávamos e olhei você, atenta e desperta, você estava puto. Tinha adivinhado tudo o que eu pensava. Só pode ter sido isso, pois me perguntou, no meio da rua e muito alto, como é que eu tinha parado de te amar tão abruptamente, depois de tantos anos. Como eu tinha parado de te amar assim, de repente?

Quando lembro disso agora, da sua pergunta espantada, irritada, ultrajada – os homens bonitos são especialistas em ficar ultrajados quando são dispensados –, tenho vontade de rir imenso. "De repente?" Como, "de repente"? Como, "abruptamente"? Você costurou, durante todos esses anos, mesmo os bons, com o seu pano, com a sua linha, com a sua crueldade, o meu cansaço. Você desenhou esse caminho, Gael. Você construiu, planejou, enfileirou peça por peça de dominó em curvas e mais curvas por quilômetros, você sempre louco pra dar o empurrão fatal, mas nunca dando, você jamais faria isso, mas forçava. Forçava o fim, me testava, brincava de cabo de guerra, me desafiava na queda de braço dia após dia, ano após ano, e não queria que eu ficasse cansada?

O seu ultraje, a raiva, o quanto ficou surpreso por ser dispensado, isso tudo eu já previa. O que eu não podia prever, o que a Catharina de quinze anos nunca poderia prever, é que você ia chorar. Aquilo não me comoveu, foi outra coisa: me chocou. Você, chorando? Você, chorando por mim?

Conforme foram completando anos inteiros sem que a gente se visse, eu ia ficando cada vez menos interessada em acompanhar a tua vida e a da

Renata pelo Instagram. Um dia, percebi que deveria fazer mais de ano que não procurava saber nada de vocês, não acessava seus perfis e isso foi tão... Inédito! Júlia perguntou se ainda nos falávamos e foi assim que percebi que você não fazia mais parte dos meus pensamentos. Foi assim que percebi que nossa história tinha ficado no passado.

Tua ausência fez aniversário na minha vida, ano após ano e, ao contrário do que eu imaginava, eu não morri. Foi assim que aconteceu. O cansaço bateu. Depois do tremendo porre que eu tomei de você, a ressaca, enfim, chegou.

Teus olhos líquidos, as palavras embolando na boca, na língua, o jeito como tentou negociar, me convencer, o jeito que se irritou, que teve ciúmes, que exigiu explicações, fez chantagens e me xingou. Também o jeito que voltou atrás, muito doce, que fez promessas.

Não achei bonito, nem feio, nem patético, nem falso, nem promissor, nem verdadeiro, não achei nada. Não senti nada. Nada.

Passou.

Passou.

Passou.

O que eu senti por você, durante tantos longos e pesados anos, foi paixão. Paixão vem de páthos, percebe? Era uma doença. Finalmente curou e não havia nada que você pudesse fazer para me adoecer novamente.

Agora que peço que você se afaste em definitivo, não estou pedindo por mim, por medo de cair de novo na loucura que foi te amar por mais de vinte anos, não, digo sinceramente: não é por mim. Vejo agora a sua fragilidade, a sua feiura, a sua mesquinhez. Vejo o quão pequeno você é e sempre foi. Vejo o quanto eu me apequenei para caber em qualquer lugar que você me oferecesse, mesmo ele sendo sujo, incômodo ou doloroso. E não tenho vergonha de mim, só vontade de me abraçar, abraçar a minha versão mais jovem e mais tola. Tudo bem, as coisas aconteceram como tinham que acontecer, foi o caminho que precisei trilhar para me livrar de você.

Tua boca trêmula, tuas mãos úmidas, tua voz que quase sumiu: teu corpo inteiro entrou em colapso quando compreendeu que eu não te desejava mais. Teu sistema falhou, foi uma informação que nunca havia sido registrada antes.

Passou, Gael.

Não dói mais.

Antes ressecava a boca, acelerava o coração, fazia eu me encolher e até desaprender a respirar. Isso acontecia porque, antes, eu tentava libertar você.

Agora, Gael, eu quero me libertar.

TRILHA SONORA

Literatura e música, para mim, sempre andaram juntas. Por isso, nada mais justo que listar aqui as canções citadas em *Vire essa folha do livro e se esqueça de mim* e seus intérpretes:

"Medo de amar", João Bosco
"Ex-Factor", Lauryn Hill
"(Sittin' On) The Dock Of The Bay", Otis Redding
"Solução de vida", Paulinho da Viola
"No Ordinary Love", Sade
"Bang Bang (My Baby Shot Me Down)", Lady Gaga

IMPRESSÃO:

PALLOTTI
GRÁFICA

Santa Maria - RS | Fone: (55) 3220.4500
www.graficapallotti.com.br